Une jou[r]
avec papa

GW00889722

Bertrand Fichou est né en 1962 à Caen. Après des études de lettres et de journalisme, il est entré dans le monde de la presse. Aujourd'hui, il travaille comme rédacteur en chef au magazine *Youpi*. Il garde du temps pour écrire de nombreuses histoires, publiées dans les magazines de Bayard Jeunesse.

Du même auteur dans Bayard Poche :

Victor veut un animal (Mes premiers J'aime lire)

Les vacances de Crapounette - Crapounette à l'école (J'aime lire)

Éric Gasté est né en 1969 à Angers. Après avoir fait l'école Estienne à Paris, il devient rédacteur graphiste au *Journal de Babar, Youpi*, puis à *Astrapi* et *J'aime lire*. Il illustre essentiellement des histoires pour les tout-petits et habite désormais à Toulouse.

Du même illustrateur dans Bayard Poche :

Je suis un chat bleu ! - La soupe à la grimace - Le loup vert (Les belles histoires)

Ric la terreur - Sonia la colle - Perdu chez les sorciers - Victor veut un animal (Mes premiers J'aime lire)

Une journée avec papa

Une histoire écrite par Bertrand Fichou
illustrée par Éric Gasté

mes premiers
j'aime lire

BAYARD POCHE

Chapitre 1

Un coup de téléphone

C'est mercredi, le matin. Je prends tranquillement mon petit déjeuner avec papa, maman et Jupiter, mon groglou à poil jaune. Tout à coup, le téléphone de maman sonne…

Maman répond en finissant sa tartine :

– Allô !... Ch'est à quel chujet ? Vous avez rechu une météorite chur le pied ? Où êtes-vous ?... Ch'est d'accord, j'arrive tout de chuite !

Puis elle se tourne vers papa et moi, et elle dit :

– Bon, je vais en avoir pour la journée ! Je rentrerai tard...

Maman est médecin de l'espace. Elle est souvent appelée à l'autre bout de la galaxie pour soigner des gens...

Mais, aujourd'hui, ça tombe mal, parce que ma nounou-robot est en panne. Papa dit :

– On ne peut pas laisser Victor et Jupiter seuls à la maison !

– Je sais bien, dit maman en attrapant les clés de sa fusée. Tu n'as qu'à les emmener avec toi, ça les amusera !

Ouaiiiis ! Ça c'est une super idée ! Mon papa est chasseur de monstres, et je n'ai jamais vu l'endroit où il travaille… En plus, il me raconte souvent qu'à sa cantine, il y a des frites tous les jours !

Mais papa agite ses bras :

– C'est que… ça va être compliqué… Nous avons des missions dangereuses, en ce moment, ce n'est pas un spectacle pour un enfant !

Maman s'arrête à la porte :

– Tu as une autre solution ?

Papa reste la bouche ouverte, mais aucun son n'en sort.

– Bon, dit maman, alors à ce soir. Bonne journée, tous les trois !

Chapitre 2

Cap sur l'Étoile bleue

Nous voilà partis dans la fusée de papa. Finalement, lui aussi, il a l'air plutôt content de m'emmener à son travail.

Il me demande :

– Tu veux piloter la fusée ?

Génial ! Je m'assois sur ses genoux, et il me laisse tenir les manettes. Je tire, on monte. Je pousse, on descend. Un coup à droite, un coup à gauche… Wouah ! Quel zig-zag ! La journée commence super bien !

Nous arrivons à l'Étoile bleue, une espèce de grosse boule en fer. C'est la base des chasseurs de monstres. Papa m'en a souvent parlé, c'est là que se trouve son bureau.

– Tu vois la grande porte ? me demande-t-il. C'est le garage de nos vaisseaux, ceux que nous utilisons pour chasser les monstres. Et tout là-haut, ce sont les hublots de la cantine.

Je la voyais beaucoup plus grande, l'Étoile bleue… Mais elle est quand même drôlement chouette !

Nous avons garé la fusée de papa. Il me présente à ses copains :

– Salut, les gars ! Voici Victor, mon fils. Je dois le garder aujourd'hui, ça ne vous dérange pas ?

Ils répondent en chœur :

– Mais non, ne t'inquiète pas ! Nous aussi, on a des enfants, on sait ce que c'est...

C'est rigolo, je ne les imagine pas en papas, ces chasseurs de monstres. Ils ont tous des têtes à faire peur, et en plus ils font de ces grimaces ! À moins qu'ils ne soient en train de sourire...

Soudain, une lumière rouge clignote au plafond. Mon papa décroche sa radio. Puis, d'un coup, sa tête devient toute rouge, et il crie :

– Alerte ! Des monstres sont en train d'embêter un troupeau de vaches cosmiques ! C'est un fermier de la planète Pluton qui nous a prévenus. Il faut y aller, les gars !

Tout le monde court vers un vaisseau. Papa me dit :

– Viens, mon chéri, on a du travail. Tu t'installes avec Jupiter dans un coin du vaisseau, et tu ne bouges pas jusqu'à ce que je te le dise !

Pas de risque, j'ai bien trop peur, tout à coup !

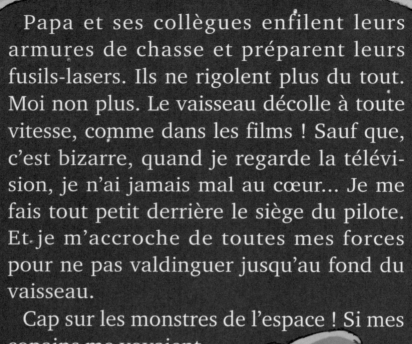

Papa et ses collègues enfilent leurs armures de chasse et préparent leurs fusils-lasers. Ils ne rigolent plus du tout. Moi non plus. Le vaisseau décolle à toute vitesse, comme dans les films ! Sauf que, c'est bizarre, quand je regarde la télévision, je n'ai jamais mal au cœur... Je me fais tout petit derrière le siège du pilote. Et je m'accroche de toutes mes forces pour ne pas valdinguer jusqu'au fond du vaisseau.

Cap sur les monstres de l'espace ! Si mes copains me voyaient...

Chapitre 3

Ça chauffe dans l'espace !

Le vaisseau est arrivé près de la planète Pluton. Mon papa a repéré les monstres qui embêtent les vaches cosmiques. Il crie :
— Là-bas ! C'est une bande de crognards à écailles !

J'ose à peine regarder. Mais la curiosité est plus forte que la peur : je jette un œil par-dessus le siège du pilote : Aaaah ! Ces crognards sont vraiment horribles ! Ils s'agitent comme des mouches au milieu du troupeau de vaches cosmiques. Les pauvres bêtes sont affolées ! Mon papa et ses copains ouvrent la porte du vaisseau et ils se lancent dans l'espace.

Mon papa hurle :

– Allez, les gars ! À l'attaque !

Je me suis glissé jusqu'à la porte ouverte du vaisseau. De là, je vois tout. La bagarre commence : ziiiiouuu ! Ziiiouuuu ! Avec leurs fusils-lasers, mon papa et ses copains tirent sur les crognards, qui volent dans tous les sens. Il y a un de ces bazars, dans l'espace !

Les crognards sont rapides, ils font des pirouettes au milieu des vaches. Mon papa et ses copains doivent faire attention pour bien viser. Ils sont tellement énervés qu'ils se mettent à crier :

– Cochonneries de monstres puants ! Espèces de croutons intergalactiques ! Approchez, si vous l'osez, tas de baveux !

Et ziiiouuu ! et ziiiiouuuu ! ils tirent, et ils tirent encore…

Mais moi, tout à coup, je n'entends plus les fusils. Tout ce que j'entends, c'est mon papa qui dit des gros mots ! Ça alors !

Je sors du vaisseau et je rejoins mon papa. Je suis furieux après lui. Je tire sur son armure et je crie pour qu'il m'entende :

– Dis donc, papa, tu dis des gros mots !

Et ziiiiouuu ! et ziiiouuuu ! les fusils-lasers sifflent au-dessus de nos têtes, les monstres nous tirent la langue en nous montrant leurs fesses. Papa crie :

– Victor, tu ne vois pas que je suis occupé ? Retourne dans le vaisseau, cheurondediou !

Oh ! Papa a dit « cheurondediou » ! Alors, là, vraiment, il exagère... Moi, il me punit quand je dis des mots beaucoup moins gros que celui-là !

Je suis tellement en colère que je remarque à peine les crognards qui s'enfuient aux quatre coins de l'espace, fatigués de recevoir des coups de laser. Ils laissent enfin tranquilles les pauvres vaches cosmiques, qui se sont regroupées comme un banc de sardines pour se rassurer. Je retourne au vaisseau en marmonnant : « Cheurondediou, cheu-rondediou... »

– C'est fini, les gars ! dit mon papa. Ils sont partis, et ils ne reviendront pas de sitôt… Allez, en route, on a bien mérité de manger un morceau. Ça va, Victor ?

Moi, je ne réponds pas. Je me sens bizarre. Je suis fier de mon papa, c'est vrai, il a bien chassé les monstres. Mais il a aussi dit plein de gros mots interdits, même « cheurondediou ». Et il fait semblant d'avoir oublié ! Je m'asseois dans un coin du vaisseau, qui rentre à la base, et je ne dis plus rien. En fait, je suis très en colère contre mon papa.

Le pire, c'est que ce n'est pas fini ! De retour à l'Étoile bleue, nous allons à la cantine pour reprendre des forces. Papa ne m'avait pas menti, je vois des baquets de frites croustillantes ! Miam ! Mais, à peine assis à table, voilà que mon papa et ses copains se mettent à manger avec leurs doigts ! Et, en plus, ils ne se sont pas lavé les mains avant ! Si moi, je faisais ça à la maison, papa me disputerait...

Papa rigole. Il me dit :
– Arrête de faire la tête,
Victor, et mange tes frites !

J'ai faim. Et ces frites, j'en ai rêvé ! Mais
je n'ai pas envie de faire ami-ami avec tous
ces gros dégoûtants. Je suis fâché, et il
faut que ça se voie. Un copain de mon
papa s'approche de moi : il voit bien que je
fronce les sourcils :
    – Dis-donc, Victor, tu as un sacré carac-
tère ! Plus tard, tu feras un bon chasseur
de monstres…
    Ah, non ! Plus tard, je serai chasseur de
gros dégoûtants.

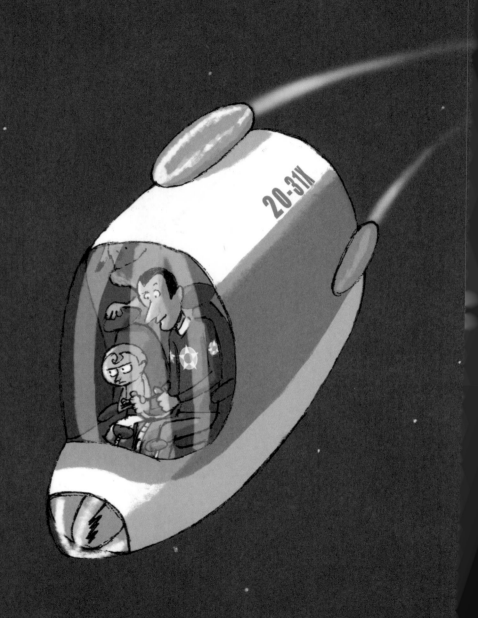

Chapitre 4

Alerte aux gros mots !

C'est le soir. Mon papa a fini de travailler, alors on rentre en fusée. Moi, j'ai décidé de bouder.

Papa n'arrête pas de parler :

– Et tu as vu quand le gros ramolo m'a attaqué par derrière ? Ziiouuu ! Il a eu la peur de sa vie ! Et l'autre, avec ses grandes dents et ses yeux verts ? Je lui ai bien secoué les écailles ! Ha ! Ha ! Ha ! Alors, ça t'a plu ?

Moi, je n'ai pas envie de parler. Je sais maintenant que mon papa, quand il est avec ses copains, il fait tout ce qu'il m'interdit de faire à la maison. Et en pire !

Pendant le dîner, maman n'arrête pas de me regarder. Elle voit bien que je fais la tête :

– Alors, tu t'es bien amusé aujourd'hui, mon chéri ?

À ce moment, je ne sais pas ce qui me prend, je dis tout fort :

– Cheurondediou ! On les a bien eus, ces tas de baveux puants !

Papa et maman restent bouche bée. Je sens que je deviens tout rouge.

– Pardon ? fait maman. Qu'est-ce que tu as dit ?

Alors je répète :

– Cheurondediou, on les a bien eus, ces tas de baveux puants !

Et j'attrape une poignée de haricots
AVEC LES DOIGTS !

Maman regarde papa tellement fort, on dirait que ses yeux lancent des rayons laser. Papa est tout gêné, encore plus que moi. Il se penche à mon oreille, et il murmure :

– Victor, si tu me promets de ne plus jamais dire de gros mots devant maman, je t'en apprendrai quelques-uns que je connais... Ça te va ?

Je fais encore la tête de celui qui boude, mais je hoche le menton pour dire « oui ».

Maman demande :

– Qu'est-ce que vous vous racontez, tous les deux ?

Papa lui fait un grand sourire :

– Rien, rien, mon petit soleil d'été...

Finalement, c'était vraiment une super journée !

mes premiers j'aime lire

La collection des premiers pas dans la lecture autonome

 Se faire peur et frissonner de plaisir **Rire et sourire avec**

des personnages insolites **Réfléchir et comprendre la vie de**

tous les jours **Se lancer dans des aventures pleines de**

rebondissements **Rêver et voyager dans des univers fabuleux**

Un magazine pour découvrir le plaisir de lire seul, comme un grand !

Spécial
CP/CE1

Grâce aux différents niveaux de lecture proposés dans chacun de ses numéros, *Mes premiers J'aime lire* est vraiment adapté au rythme d'apprentissage de votre enfant.

CHAQUE MOIS
• une histoire courte
• un roman en chapitres avec sa cassette audio
• des jeux
• une BD d'humour.

Autant de façons de s'initier avec plaisir à la lecture autonome !

Disponible tous les mois chez votre marchand de journaux ou par abonnement.

Achevé d'imprimer en novembre 2006 par Oberthur Graphique
35000 RENNES – N° Impression : 7320
Imprimé en France